Nita estaba jugando a la pelota con Rocky. "¡Cógela!", gritó. Rocky saltó, falló y, corriendo tras la pelota, salió del parque e invadió la calzada. "¡PARA! ¡ROCKY! ¡PARA!", gritó Nita. Estaba tan ocupada intentando atrapar a Rocky que no vio…

Nita was playing ball with Rocky. "Catch!" she shouted. Rocky jumped, missed and ran after the ball, out of the park and into the road. "STOP! ROCKY! STOP!" Nita shouted. She was so busy trying to catch Rocky that she didn't see…

el COCHE.

the CAR.

El conductor dio un frenazo. ¡Iiiiii! ¡Pero ya era demasiado tarde! ¡ZAS! El coche golpeó a Nita, que cayó al suelo en medio de un horroroso CRUJIDO.

The driver slammed on the brakes. SCREECH! But it was too late! THUD! The car hit Nita and she fell to the ground with a sickening CRUNCH.

"¡NITA!", gritó Mamá. "¡Que alguien llame a una ambulancia!", gritaba mientras le acariciaba el pelo a Nita y la abrazaba.

El conductor llamó a la ambulancia.

"Mamá, me duele la pierna", se quejaba Nita mientras le caían por la cara unas enormes lágrimas.

"Ya sé que te duele, pero intenta no moverte", le dijo Mamá. "En seguida vendrán a ayudarnos".

"NITA!" Ma screamed. "Someone call an ambulance!" she shouted, stroking Nita's hair and holding her.

The driver dialled for an ambulance.

"Ma, my leg hurts," cried Nita, big tears rolling down her face.

"I know it hurts, but try not to move," said Ma. "Help will be here soon."

La ambulancia llegó y dos paramédicos trajeron una camilla.

"Hola, me llamo John. Tienes la pierna muy hinchada. Puede que esté rota", dijo. "Voy a entablillártela para evitar que se mueva".

Nita se mordió el labio. La pierna le dolía muchísimo.

"Eres una niña muy valiente", le dijo mientras la llevaba cuidadosamente en la camilla a la ambulancia. Mamá se subió también.

The ambulance arrived and two paramedics came with a stretcher.

"Hello, I'm John. Your leg's very swollen. It might be broken," he said. "I'm just going to put these splints on to stop it from moving."

Nita bit her lip. The leg was really hurting.

"You're a brave girl," he said, carrying her gently on the stretcher to the ambulance. Ma climbed in too.

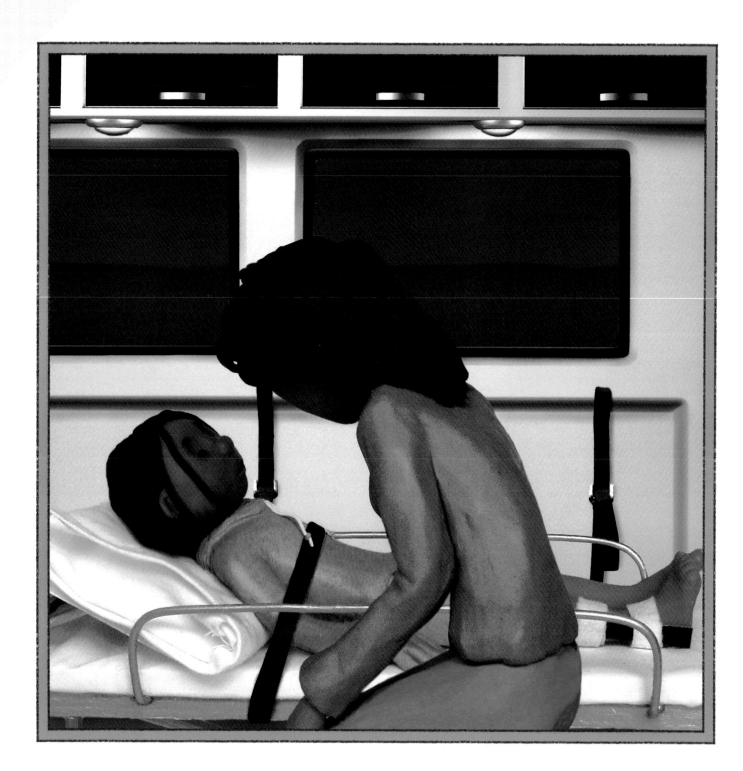

Nita iba tumbada en la camilla apretando con fuerza la mano de Mamá, mientras la ambulancia circulaba a toda velocidad por las calles – con la sirena sonando y las luces destellando – de camino al hospital.

Nita lay on the stretcher holding tight to Ma, while the ambulance raced through the streets – siren wailing, lights flashing – all the way to the hospital.

Había mucha gente a la entrada del hospital. Nita estaba muy asustada.
"Guapa, ¿qué te ha pasado?", le preguntó un amable enfermero.
"Me atropelló un coche y me duele mucho la pierna", le dijo Nita,
haciendo un esfuerzo por contener las lágrimas.
"Te daremos algo para aliviar el dolor en cuanto la doctora te examine",
le dijo. "Ahora tengo que tomarte la temperatura y hacerte un análisis
de sangre. Sentirás un pequeño pinchazo".

At the entrance there were people everywhere. Nita was feeling very scared.
"Oh dear, what's happened to you?" asked a friendly nurse.
"A car hit me and my leg really hurts," said Nita, blinking back the tears.
"We'll give you something for the pain, as soon as the doctor has had a look,"
he told her. "Now I've got to check your temperature and take some blood.
You'll just feel a little jab."

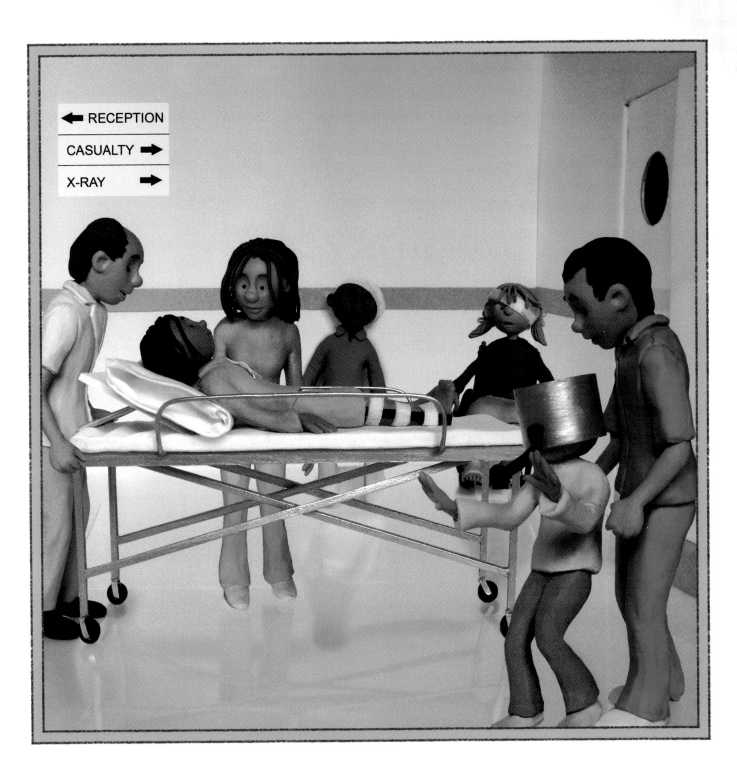

RECEPTION ⬅

CASUALTY ➡

X-RAY ➡

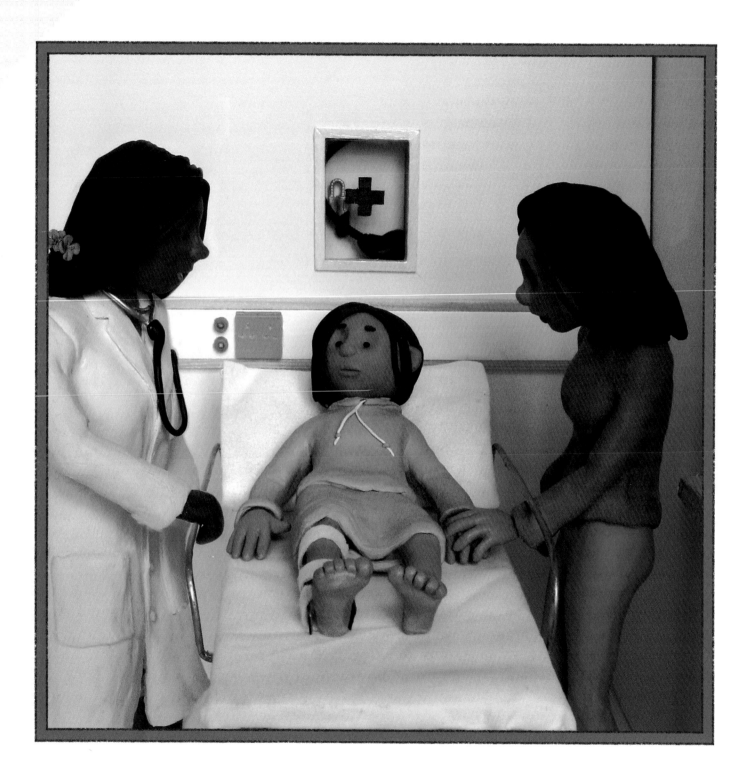

Poco después vino la doctora. "Hola, Nita", dijo. "Oh, ¿cómo te hiciste eso?"
"Un coche me atropelló. La pierna me duele mucho", dijo Nita sollozando.
"Te daré algo para que te deje de doler. Ahora echémosle un vistazo a tu pierna", dijo la doctora. "Mmm, parece que está rota. Necesitaremos una radiografía para examinarla detenidamente".

Next came the doctor. "Hello Nita," she said. "Ooh, how did that happen?"
"A car hit me. My leg really hurts," sobbed Nita.
"I'll give you something to stop the pain. Now let's have a look at your leg," said the doctor. "Hmm, it seems broken. We'll need an x-ray to take a closer look."

Un celador muy simpático llevó a Nita en silla de ruedas hasta la sala de rayos X donde había mucha gente haciendo cola.

Por fin le llegó el turno a Nita. "Hola, Nita", dijo la radiógrafa. "Voy a sacar una foto del interior de tu pierna con esta máquina", le dijo mientras señalaba hacia la máquina de rayos X. "No te preocupes. No te dolerá. Tú sólo tienes que quedarte muy quieta mientras yo hago la radiografía". Nita asintió con la cabeza.

A friendly porter wheeled Nita to the x-ray department where lots of people were waiting.

At last it was Nita's turn. "Hello Nita," said the radiographer. "I'm going to take a picture of the inside of your leg with this machine," she said pointing to the x-ray machine. "Don't worry, it won't hurt. You just have to keep very still while I take the x-ray."

Nita nodded.

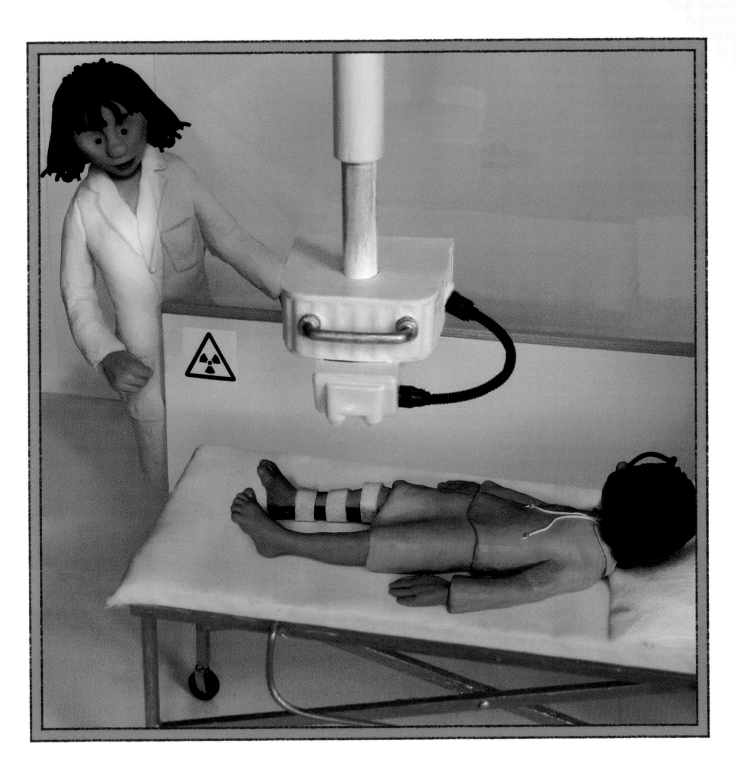

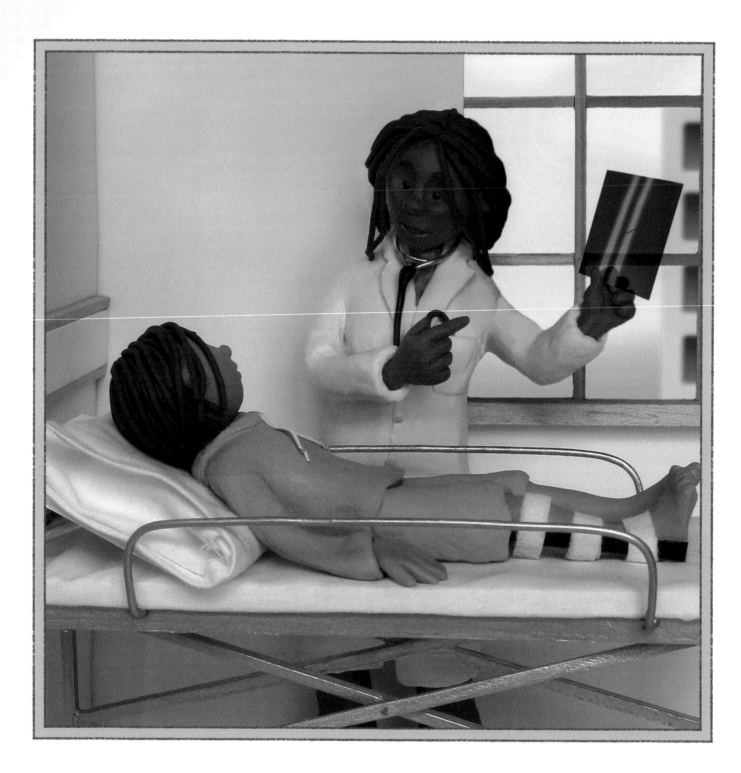

Un poco más tarde la doctora apareció con la radiografía. La acercó a la luz, ¡y Nita pudo ver el hueso en el interior de su pierna!

"Es lo que pensaba", dijo la doctora. "Te has roto la pierna. Tendremos que colocar el hueso en su sitio y después escayolar la pierna. Eso te curará. Pero ahora tienes la pierna demasiado hinchada. Tendrás que quedarte internada esta noche".

A little later the doctor came with the x-ray. She held it up and Nita could see the bone right inside her leg!

"It's as I thought," said the doctor. "Your leg is broken. We'll need to set it and then put on a cast. That'll hold it in place so that the bone can mend. But at the moment your leg is too swollen. You'll have to stay overnight."

El celador llevó a Nita a la planta infantil en silla de ruedas. "Hola, Nita. Me llamo Rose y soy tu enfermera personal. Cuidaré de ti. Has llegado justo a tiempo", dijo sonriendo.

"¿Por qué?", preguntó Nita.

"Porque es la hora de la cena. Te meteremos en la cama y luego podrás comer algo".

La enfermera Rose puso un poco de hielo en la pierna de Nita y le dio una almohada de más, no para la cabeza… sino para la pierna.

The porter wheeled Nita to the children's ward. "Hello Nita. My name's Rose and I'm your special nurse. I'll be looking after you. You've come just at the right time," she smiled.

"Why?" asked Nita.

"Because it's dinner time. We'll pop you into bed and then you can have some food."

Nurse Rose put some ice around Nita's leg and gave her an extra pillow, not for her head… but for her leg.

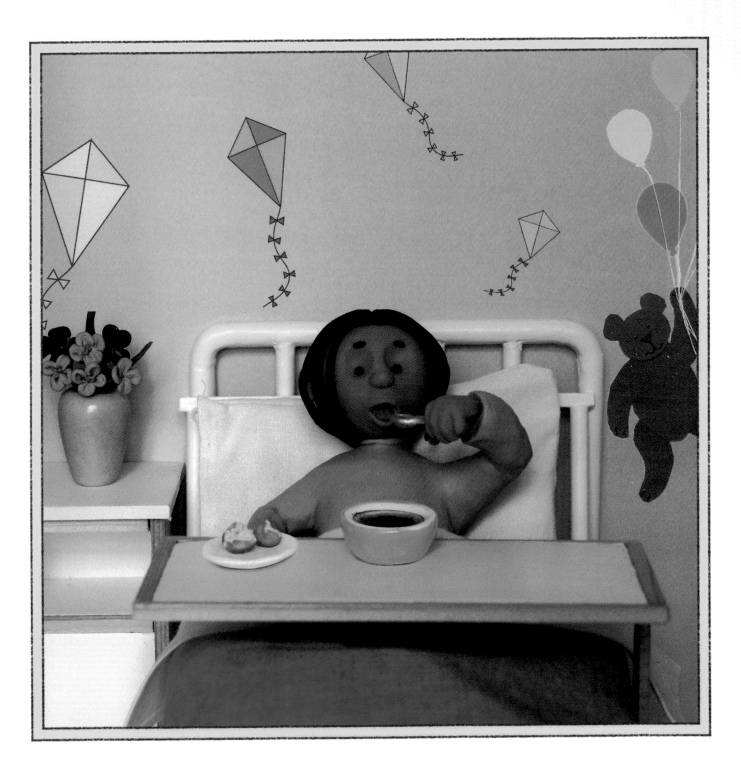

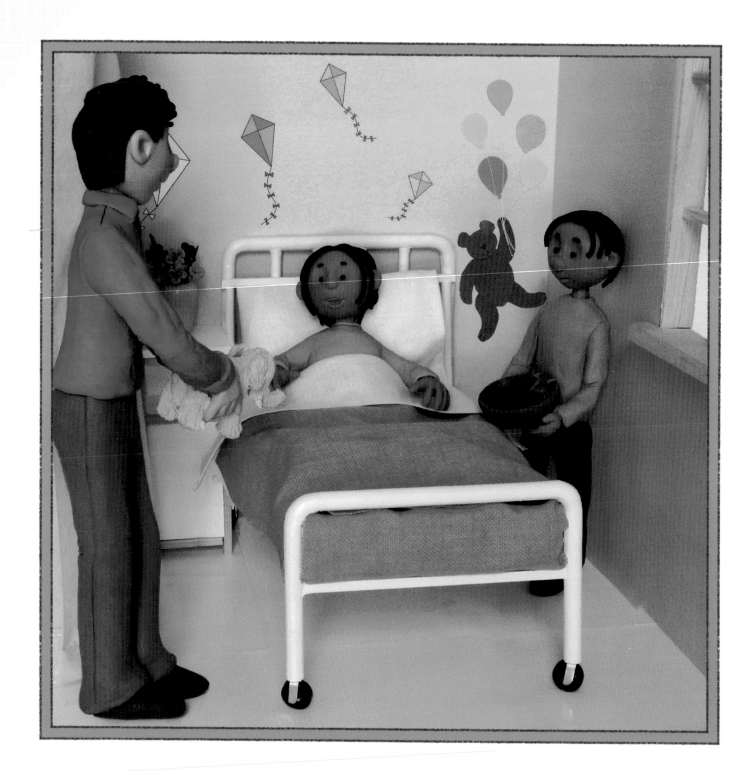

Después de la cena llegaron Papá y Jay. Papá le dio un abrazo muy fuerte y su juguete favorito.

"¿A ver tu pierna?", dijo Jay. "¡Uf! Es horrible. ¿Te duele?"

"Mucho", dijo Nita, "pero me dieron calmantes".

La enfermera Rose tomó la temperatura a Nita otra vez. "Es hora de ir a dormir", dijo. "Papá y tu hermano se tienen que ir pero Mamá puede quedarse… toda la noche".

After dinner Dad and Jay arrived. Dad gave her a big hug and her favourite toy.

"Let's see your leg?" asked Jay. "Ugh! It's horrible. Does it hurt?"

"Lots," said Nita, "but they gave me pain-killers."

Nurse Rose took Nita's temperature again. "Time to sleep now," she said.

"Dad and your brother will have to go but Ma can stay... all night."

A la mañana siguiente, temprano, la doctora examinó la pierna de Nita. "Bueno, parece que está mucho mejor", dijo. "Creo que está lista para encasarla".

"¿Qué significa eso?", preguntó Nita.

"Te vamos a anestesiar para que te duermas. Después colocaremos el hueso en su sitio y lo inmovilizaremos con la escayola. No te preocupes. No sentirás nada", dijo la doctora.

Early next morning the doctor checked Nita's leg. "Well that looks much better," she said. "I think it's ready to be set."

"What does that mean?" asked Nita.

"We're going to give you an anaesthetic to make you sleep. Then we'll push the bone back in the right position and hold it in place with a cast. Don't worry, you won't feel a thing," said the doctor.

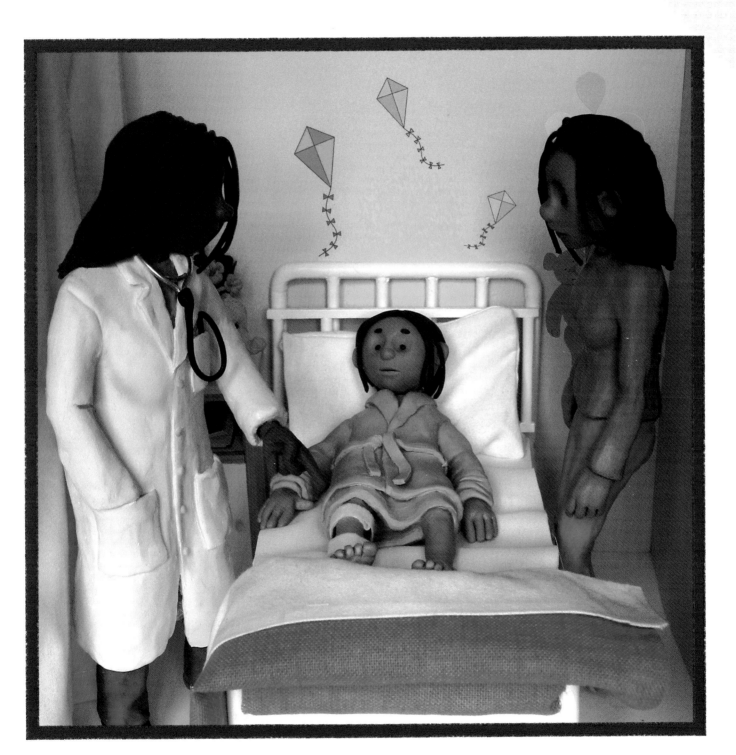

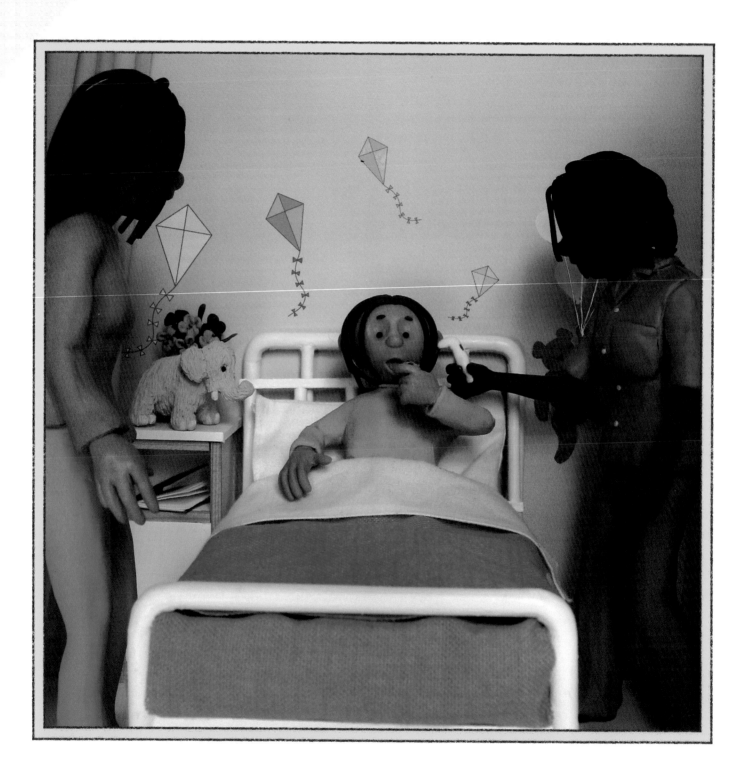

Nita se sentía como si hubiera dormido durante una semana entera.

"¿Cuánto tiempo he estado durmiendo, Mamá?", preguntó.

"Una hora más o menos", dijo Mamá sonriendo.

"Hola, Nita", dijo la enfermera Rose. "Me alegro de que ya estés despierta. ¿Cómo está la pierna?"

"Bien, pero la noto muy pesada y tiesa", dijo Nita. "¿Puedo comer algo?"

"Sí, pronto será la hora de comer", dijo Rose.

Nita felt like she'd been asleep for a whole week. "How long have I been sleeping, Ma?" she asked.

"Only about an hour," smiled Ma.

"Hello Nita," said Nurse Rose. "Good to see you've woken up. How's the leg?"

"OK, but it feels so heavy and stiff," said Nita. "Can I have something to eat?"

"Yes, it'll be lunchtime soon," said Rose.

A la hora de comer Nita se sentía mucho mejor. La enfermera Rose la puso en una silla de ruedas para que pudiera estar con los otros niños.

"¿Qué te pasó?", le preguntó un chico.

"Me rompí la pierna", dijo Nita. "¿Y a ti?"

"Me operaron de los oídos", dijo el chico.

By lunchtime Nita was feeling much better. Nurse Rose put her in a wheelchair so that she could join the other children.

"What happened to you?" asked a boy.

"Broke my leg," said Nita. "And you?"

"I had an operation on my ears," said the boy.

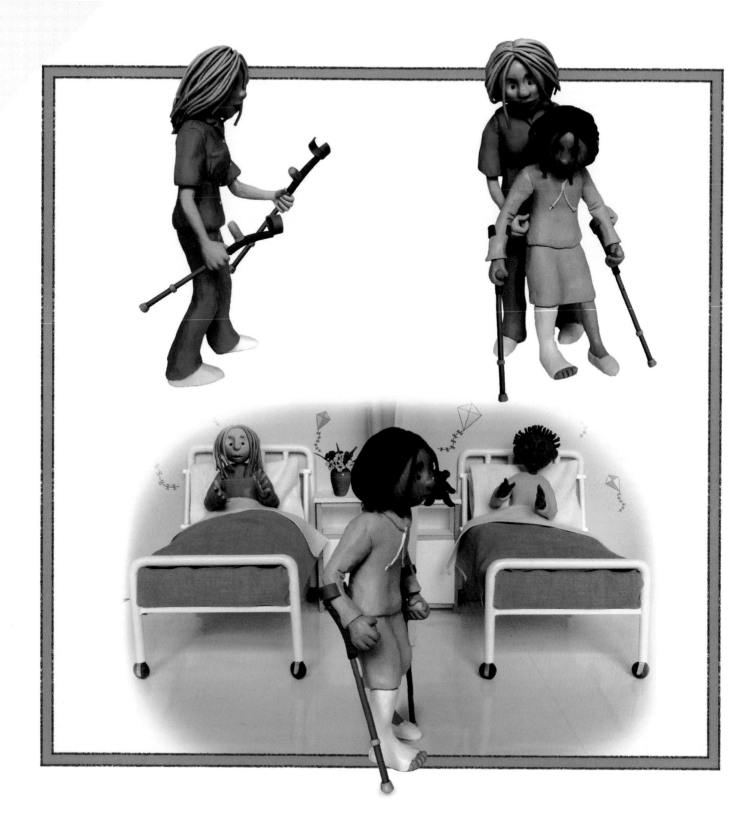

Por la tarde la fisioterapeuta apareció con unas muletas. "Aquí tienes, Nita. Te ayudarán a moverte", dijo.

Cojeando y tambaleándose, empujándose y agarrándose, al poco tiempo Nita ya caminaba por la planta.

"Bien hecho", dijo la fisioterapeuta. "Creo que ya estás lista para ir a casa. Traeré a la doctora para que te vea".

In the afternoon the physiotherapist came with some crutches. "Here you are Nita. These will help you to get around," she said.

Hobbling and wobbling, pushing and holding, Nita was soon walking around the ward.

"Well done," said the physiotherapist. "I think you're ready to go home. I'll get the doctor to see you."

Al atardecer Mamá, Papá, Jay y Rocky fueron a recoger a Nita.
"¡Qué guay!", dijo Jay al ver la escayola de Nita. "¿Puedo dibujar en ella?"
"¡Ahora no! Cuando lleguemos a casa", dijo Nita. Parecía como si tener una escayola no fuera a ser tan malo.

That evening Ma, Dad, Jay and Rocky came to collect Nita.
"Cool," said Jay seeing Nita's cast. "Can I draw on it?"
"Not now! When we get home," said Nita. Maybe having a cast wasn't going to be so bad.